AF296992

LE BANQUET,

OPERA-COMIQUE EN DEUX ACTES.

Yth
1677 bis

IL CONVITO.

LE BANQUET,

OPÉRA COMIQUE EN DEUX ACTES,

REPRESENTÉ pour la première fois sur le Théâtre de l'Opéra-Buffa, le 15 Prairial an 11.

Prix : 30 sous.

A PARIS,

Chez MESTAYER, Libraire, rue de Grammont, n°. 12. tenant un cabinet d'abonnement pour la lecture.

An XI — 1802.

ATTORI.

ALFONSINA ,	Sign. GIORGI BELLOC.
ELEONORA ,	Sig. CANTONI.
LISETTA ,	Sign. FEDI.
Il Cavaliere DEL CAMPO ,	Sign. ALLIPRANDI.
Il Conte POLIDORO ,	Sign. CROCIATI.
MASSIMO ,	Sign. CARMANINI.
CHECCO.	Sign. MACCHIAVELLI.

La Musica e del Signor Cimarosa.

ACTEURS.

ALFONSINE,	Signora GIORGI BELLOC.
ELEONORE,	Signora CANTONI (1).
LISETTE,	Signora FEDI.
Le chevalier DEL CAMPO,	Il Signore ALLIPRANDI.
Le Comte POLIDORE.	Il Signore CROCIATI.
MASIMO,	Il Signore CARMANINI.
CHECCO,	Il Signore MACCHIAVELLI.

(1) La Musique est du Signor Cimarosa.

ATTO PRIMO.

SCENA PRIMA.

INTRODUZIONE.

Camera.

MASSIMO , CHECCO, indi ELEONORA.

MAS.　Che grazia, che figura
　　　Che braccia ben formate
　　　Son proprio una pittura
　　　Ah Checco che ti par
　　　Le dame convitate
　　　Faro meravigliar.
CHE.　(Che caro mammalucco).
MAS.　Ma di la verità,
　　　Che cosa mai di bello
　　　Il tuo Padron non ha ?
CHE.　Un poco di cervello
　　　Che il tutto poi ci stà.
MAS.　Non mi seccar buffone
　　　E' Dama? oh cospettone
　　　Vo' dunque per riceverla
　　　Con quell' istessa grazia
　　　Con cui di Francia al Lido
　　　Il Maresciallo Dido
　　　Ricevere solea Madamosella Enea
　　　Che il cor gli assassino.
CHE.　Didone un Maresciallo ?....
　　　Enea Madamosella

ACTE PREMIER.

SCENE PREMIERE.

Le théâtre représente une chambre.

INTRODUCTION.

MASSIMO, CHECCO, ensuite ELEONORE.

MAS. Quelle grace ! quelle figure ! quels
b as bien formés ! Je suis véritablement
un homme fait au tour. Ah ! Checco ,
dis-moi , que t'en semble. Les dames in-
vitées au banquet seront enchantées.

CHE. (Quel imbecile fieffé !)
MAS. Mais , dis la vérité. Est - il quelque
beauté qui me manque ?

CHE. Un peu de cervelle ne ferait point mal.
MAS. Ne m'ennuie pas de tes bouffonneries.
C'est une dame . . Ah ! diable , je vais
donc la recevoir avec cette même grace
qui sur les bords de la France , fit triompher le Maréchal Didon , de Mademoi-
selle Enée.

CHE. Didon , un Maréchal ! Enée , une de-

Oh questa si che bella
Ne me la scordero.

MAS. Ben venga la Signora
Madama il vostro nome ?

ELE. Madama Eleonora.

MAS. Bel nome in verità
Vi piace la mia villa ?
Vi piace il mio giardino.

ELE. Ma quanto ?

MAS. Eh il mio visino vi piace ?

ELE. Ah , ah , ah , ah.

MAS. Quel riso baroncello
Perchè colei mi fà.

CHE. Perche nel dirvi bello
Ci avrà difficolta!

a 3. Di spasso , e di diletto
Su via parliamo adesso
Si si parliamo adesso
Di festa , e di banchetto ,
E di felicità.

SCENA II.

MASSIMO , ELEONORA e CHECCO.

MAS. SIGNORA allegramente
Al mio convito mangiarete
Fra poco cibi tutti esquisiti,
E delicati degni de vostri
Labbri inzuccherati.

ELE. Lo credo ben :
Ma ditemi signore
In questo gran banchetto
Il conte Polidoro e' convitato ?

moiselle ! Sur ma parole, je ne veux pas oublier celle-là.

MAS. Soyez la bien venue, madame. Votre nom.

ELE. Madame Eleonore.

MAS. C'est un joli nom. Ma maison de campagne vous plaît-elle ? Que dites-vous de mon jardin ?

ELE. Mais lequel ?

MAS. Ma figure vous plaît-elle ?

EL". Ah, ah, ah, ah !

MAS. Pourquoi rit-elle de ce rire malin ?

CHE. Parce que c'est un peu difficile de vous trouver beau.

à 3. { Allons, allons, parlons maintenant de plaisirs et de joie, de festins et de réjouissances.

SCENE II.

MASSIMO, ELEONORE, et CHECCO.

MAS. Soyez contente, madame, vous mangerez à mon festin peu de mets, mais tous exquis, excellens, et dignes de votre bouche charmante.

ELE. Je le crois bien. Mais, dites-moi, M. le comte Polidore est-il du banquet ?

MAS. Non conosco costui ,
Ma credo che verra'.
Questo covitto
Io l'ho fatto in plurale
E a suon di tromba.
ÉLÉ. Perche' ?
MAS. Perche' in ques' oggi
Voglio con questo viso
Ogni femmina donna innamorare.
ÉLÉ. (Oh che sciocco!)
CHE. (Oh che pazzo singolare.)
MAS. Ditemi! io non son brutto.
ÉLÉ. Ansi voi siete
Troppo leggiadro , e bello.
MAS. Or dunque la signora
Giacche' la prima e' stata
A riconoscer la mia rara bellezza ,
Mi giura con prestezza
Amor sincero
Che m'avra' qual mi vuol servo , e scu-
diero.
ELE. (Fingiam).
Son pronta ;
Ma signor v'avverto
Ch'io l'amor mio giurai
Al conte chevi dissi
MAS. Oh brutto inciampo!
ÉLÉ. Pero' s'apre un bel campo
Al vostro desiderio
MAS. Come a dire
ÉLÉ. So so che questo conte
Corteggia à mio dispetto
Una certa Alfonsina
Vedova molto ricca ,
E capriccio a
MAS. E cosi !
ÉLÉ. Se costui nel convito verrà
Con la signora ;

MAS. Je ne le connais pas ; mais je crois qu'il viendra. J'ai fait cette invitation en géneral , et à son de trompe.

ELE. Pourquoi cela ?

MAS. Parce que je veux aujourd'hui donner de l'amour à toutes les femmes , avec ce minois distingué.

ELE. (Oh ! l'insolent, le sot.)

CHE. (Quel fou, quel original !)

MAS. Dites-moi : Je ne suis pas laid ?

ELE. Au contraire : Vous êtes trop beau.

MAS. Ainsi donc , madame, vous êtes la première à reconnaître la supériorité de mes charmes, et à me jurer un amour constant : Vous me voulez pour écuyer ?

ELE. (Feignons.) Je suis prête ; mais je vous avertis , monsieur, que j'ai déjà assuré de mon amour le comte dont je vous ai parlé.

MAS. Malheureux événement !

ELE. Cependant, il s'ouvre un beau champ à votre espoir.

MAS. Comment ?

ELE. Je sais que ce comte fait la cour, en dépit de moi, à une certaine Alfonsine, veuve, très-riche et très-capricieuse.

MAS. Eh bien !

ELE. S'il vient à votre festin avec sa maîtresse , je me réserve de vous faire part

Un bell' ripiego allora
Mi riserbo di dirvi
Che se l'eseguirete, e zitto state
Vostra sposa saro , non dubitate

A R I A.

Se mi piace il mio contino
Molto ancor voi mi piace te
E costante se sarete
Io vi voglio consolar ;
Quel bel labbro di cinabro
Quell' occhietto si furbetto
Un incendio maledetto
Nel mio cor fe' già destar   (parte)

SCENA III.

MASSIMO , e CHECCO.

MAS.   Ah Checco e' fatto il colpo.
CHE.   E cosi cos' ha detto.
MAS.   So non l'ho intesa ;
   Ma m'immagino
   Ch' abbia proferito
   Un discorso ch'io gia' non ho capito
CHE.   Ma io che sono entrato
   Nel midollo del fatto
   Ho gia' capito l'idea della signora
MAS.   Dunque parla
CHE.   Badate attento a me
   Che adaggio adaggio
   Tutto l'arcan vi spieghero' bel , bello
   Con un mio sentimento un paralello
          (partono.)

(4)

d'un joli tour que je lui prépare; et si
vous me secondez, je vous promets d'être
votre épouse.

Si mon petit comte me plaît un peu ,
vous me plaisez beaucoup; et si vous
m'êtes constant , je vous serai fidèle.
Cette bouche vermeille , cet œil malin ,
ont allumé un incendie dans le fond de
mon cœur.

(Elle sort.)

SCENA III.

MASSIMO et CHECCO.

MAS. A H ! Checco., le coup est porté.

CHE. Et comment? Qu'a-t-elle dit ?

MAS. Je ne l'ai pas entendue; mais je m'i-
magine qu'elle a prononcé un discours
superbe au-dessus de mon intelligence.

CHE. Pour moi qui suis entré dans le fond
du sujet, j'ai fort bien compris son idée.

MAS. Parles donc.

CHE. Prêtez-moi attention. Je vous décou-
vrirai peu à peu tout le mystère, et vous
ferai connaître mon sentiment.

(Ils sortent)

S C E N A I V.

ALFONSINA e CONTE.

C A V A T I N A.

ALF. Ombra bella, ed amorosa
Del mio caro Bernabo
Senza te la dolce sposa
Darsi pace più non puo.

CON. Ombra cara che passeggi
Per gli Elisi in carozzino
Se ti fermi un pocchett'no
Io ti vengo ad abbracciar.

ALF. Ah se avessi il mio consorte.

CON. Ah se avessi i tuoi contanti!

a 2. { Trà festini, suoni, e canti
{ Vorrei sempre allegra star.

S C E N A V.

ALFONSINA, CONTE, e LISETTA.

ALF. Ah! Bernabo!

CON. (Donna bzzara
Al mondo non si da più di costei).

LIS. Ma è ricca.

CON. Dici bene
Di secondar la in tutto, a me conviene.

ALF. Ed or cosa si fa ?

SCENE IV.

ALFONSINE et le COMTE.

CAVATINE.

ALF. Ombre chère, ombre amoureuse de mon cher Barnabé, hélas ! ta pauvre épouse ne peut goûter aucun repos.

Le c. Ombre chère qui te promènes en carosse dans les champs Elysées, si tu veux t'arrêter un peu, je viendrai t'embrasser.

ALF. Ah ! si j'avais encore mon époux !
Le c. Ah ! si j'avais son argent.

à 2. { Je me plairais au milieu des festins et de la joie.

SCENE V.

ALFONSINE, le COMTE, LISETTE.

ALF. Ah ! Barnabé.
Le c. (Il n'existe pas au monde une femme plus bizarre.)
LIS. Mais elle est riche.
Le c. Tu dis bien. Il faut que j'entre dans tous ses ridicules.
ALF. Que faut-il faire ?

CON.   Da voi dipenda
Ad un anno, ad un moto, ad un sol
tratto....

ALF.   Del mio sposo defunto ov'è il ritratto?

CON.   Eccolo so quanto
Della perdita sua io vi compiango?

ALF.   E tu, Lizetta mia?

LIS.   Per me direi
Che di pianger cotanto avete torto
Prendete il vivo, e non pensate al morto.

CON.   Bravissima.

ALF.   Fraschetta! in questa guisa
Ardisci favellar!

CON.   E vero audace!
D'una vedova afflita il crudo affanno
Deridere cosi? quest'è virtù,
Miracolo d'amor.

LIS.   Non parlo più.

ALF.   Bene cosi potrete
Sperare d'incontrare il genio mio.

CON.   Vostro schiavo son' io
Voi siete mia regina
Sulla bella manina
Soffrite che vi giuri....

ALF.   Eh via! son fole:
Voglio obbedienza cieca, e non parole.

CON.   Che spirito, che brio!

LIS.   Che stravaganza!

ALF.   Ma che bella creanza!
Qui mi rendo all'invito, e non sivede
Nissuno a comparir.

CON.   Quest'è un affronto.

LIS.   E' una increanza. Se mel permettete
Ad avvertire andro!

ALC.   Brava Lisetta.

CON.   Evviva.

LIS.   Intanto lei
A suo piacer trattenga

LE C. Ce que vous voudrez. Un signe, un mot, un geste. . . .

ALF. Où est le portrait de mon cher défunt ?

LE C. Le voilà. Quelle perte, et combien je vous plains !

ALF. Et toi, ma chère Lisette ?

LIS. Pour moi, je vous dirai que vous avez tort. Pensez un peu plus aux vivans, et pas tant aux morts.

LE C. Sans doute.

ALF. Comment, Perronelle, vous osez me tenir ce langage !

LE C. Quelle audace, d'oser ainsi se moquer de la douleur d'une pauvre veuve, d'un miracle de vertu et d'amour.

LIS. Je ne dis plus rien.

ALF. C'est fort bien. Vous gagnerez ainsi mes affections.

LE C. Je suis votre esclave ; vous êtes ma reine. Souffrez que je jure sur cette belle main. . . .

ALF. Retirez-vous . . . . Je veux une obéissance aveugle et point de sermens.

LE C. Quel esprit !

LIS. Quelle extravagance !

ALF. Mais quelle chose est ceci ! Je me suis rendue à l'invitation du banquet, et je n'y vois personne.

LE C. C'est un affront.

LIS. C'est un outrage. Si vous me le permettez, j'irai vous annoncer.

ALF. Oui, Lisette.

LE C. Vas vîte.

LIS. En attendant, monsieur le comte,

La padroncina mia
La faccia stare un poco in allegria.

A R I A.

La cara mia padrona
Tenete in allegria ,
E fate almen che sia
Di grato e buon umor.
Si sente semp.e in petto
Un certo pizzicore,
Non so se sia diletto,
Ma non so dir cos' è.

SCENA VI.

ALFONSINA, CONTE, indi MASSIMO.

CON.   La Cameriera è di perfetta scola.
ALF.   Ah per bacco che adesso son sdegnata
      Voglio saper chi quà mi ha convitata.
CON.   Ehi là di casa la Signora è in collera,
      E chi l'ha convitata vuol sapere.

MAS.   Io fui Signora mia, io Cavaliere.
ALF   E si viene allegrissimo
      Avanti a una mia pari,
      Che sta in collera ?
CON.   Avanti a un cavalier, che sta sdegnato !
MAS.   Vi domando perdono, io non son brutto.

ALG.   Anzi assai mi piacete.

MAS,   Vi piaccio eh.... vi piaccio.

ayez soin d'amuser ma chère maîtresse,
et de tenir son esprit un peu en gaité.

A I R.

Tenez ma chère maîtresse en gaité, et
faites au moins qu'elle soit contente et de
bonne humeur.

Elle se sent toujours un certain batte-
ment de cœur ; elle ne peut dire que ce
soit de plaisir ; mais aussi on ne sait ce
que c'est.

SCENE VI.

ALFONSINE, le COMTE, ensuite MAS-SINO.

LE C.   LA soubrette est fort bien instruite.

ALF.   Je suis, en vérité, très-intriguée de savoir qui m'a invitée à ce festin.

LE C.   Eh ! quelqu'un de la maison. Madame est en colère, et veut savoir qui l'a invitée ici.

MAS.   C'est moi, madame, c'est moi.

ALF.   Vous osez paraître ainsi sans façon devant une dame de ma qualité, lorsqu'elle est en colère ?

LE C.   Devant un chevalier en courroux ?

MAS.   Je vous demande pardon. Je ne suis point laid ?

ALF.   Au contraire : vous me plaisez beaucoup.

MAS.   Je vous plais....Comment ? je vous plais !

ALF. Si, che negl' occhi avete un non so che
di Bernabo.

MAS. Chi è questo signor.

CON. Io vel diro
Questo fu il primo sposo
Dio Madama Alfonsina.

MAS. Oh cospett ! questa è l'amata vedova ,
E quest' altro d'Eleonora e' l'amica.

ALF. In questo giorno
Volontà non mi sento dimangiare.

CON. Non so che dir , anch' io non mi sento
appettito.

ALF. E voi ?

MAS. Ed io Signora , mi sento nello stomaco
Una fame s'ingorda , e si rapina
Che un manzo mangerei questa mattina.

ALF. Crudel sempre lontano
Dalla mia volontà.

CON. Siete un tiranno.

MAS. Perchè? io non son brutto.

CON. Perchè voi sempre in tutto
Contradite noi altri.

MAS. Ergo conviene , che da ora innanzi
M'uniformi anch'io alla vostra maniera
dipensare.

ALF. Cosi va ben.

CON. Cosi dovete fare.

MAS. Son pronto eccomiquà.

ALF. Oimé ?

CON. Ch' è stato.

MAS. Che fu Madama bella ?

ALF. Vi sentite quello che mi sento io.

CON. Mel sento.

MAS. Edancor io

ALF. E cosa or sentite...
Orsu parlate ,

ALF.   Oui. Vous avez dans les yeux quelque
chose de Barnabé.

MAS..   Quel est ce seigneur ?

LE C.   Je vous le dirai. Ce fut le premier
époux de madame.

MAS.   (Ah diable ! c'est là la veuve rivale
d'Éléonore , et cet autre est son amant.)

ALF.   Je ne me sens point d'appétit aujour-
d'hui.

LE C.   Je ne sais que dire : ni moi, je ne me
sens aucun appétit.

ALF.   Et vous ?

MAS.   Et moi, madame , je me sens dans
l'estomac une telle faim , que je man-
gerais le diable.

ALF.   Cruel, vous êtes toujours opposé à ma
volonté.

LE C.   Vous êtes un tyran.

MAS.   Pourquoi ? suis-je donc laid ?

LE. C.   Parce que sans cesse vous nous con-
tredites.

MAS.   Ainsi donc, il faut dorénavant que je
me mette à l'unisson de votre manière
de penser.

ALF.   Cela ira bien.

LE C.   Voilà comme il faut faire.

MAS.   J'y suis disposé.

ALF.   Hélas !

LE C.   Qu'est-ce que c'est ?

MAS.   Qu'avez-vous , madame ?

ALF.   Vous sentez-vous ce que je me sens ?

LE C.   Je me le sens.

MAS.   Et moi aussi.

ALF.   Quelle chose vous sentez-vous ? parlez.

3

MAS. Io mi sento. . .
　　　Amicone cosa sì sente lei
CON. Tutto quel che si sente la signora.
MAS. Ed io simile, e tal mi sento ancora.

A R I A.

ALF.   Scorrer oh Dio ! mi seto
  Un freddo gel per l'ossa ,
  E par che sento lento ,
  Il cor mi batter già.

CON.   Dolce mio ben ti giuro ,
  Ch'io tremo a tutta possa ,
  E in petto scuro , scuro ,
  Ancor il cor mi stà.

MAS.   Anch'io sto' freddo tutto ,
  La febbre già mi viene ,
  E il sangue nelle vene ,
  Più moto no' non hà.

ALF. Evviva ! siam tutti d'un parere.
CON. E bravi siam tutti già d'accordo.
MAS. Chiamatemi un balordo ,
  Se in me ci e' verità.
ALF. Miei cari quanto v'amo.
CON. } à 2. { Tra' noi tre' matti siamo ,
MAS. }   { Di buona qualità.
ALF. Andiamo a spasso.
CON. } à 2. { Andiamo.
MAS. }
ALF. Ridemo un po ,
CON. } à 2. { Ridemo.
MAS. }
ALF. Balliamo un po ,
CON. } à 2. { Balliamo.
MAS. }
ALF. Fermiano qui.

MAS.   Je me sens.... Mon bon ami, que vous
sentez-vous?

LE C.   Tous ce que se sent madame.

MAS.   Et moi de même : je suis tout à fait
semblable à vous.

A I R.

ALF.   Au secours ! ô Dieux ! je me sens un
frisson dans les veines ; il me semble
que mon cœur bat plus lentement.

LE C.   Je vous jure, ma chère, que je tremble de tout mon corps ; mon cœur s'en
arrête dans mon sein.

MAS.   Pour moi, je reste froid de la tête
aux pieds ; j'ai la fièvre ; mon sang n'a
plus aucun mouvement.

ALF.   Bravo ! nous sommes tous de même.

LE C.   Bravo ! nous sommes tous d'accord.

MAS.   Je veux être un sot, s'il y a un mot
de vrai.

ALF.   Mes chers amis que je vous aime !

LE C.
MAS. à 2 { Nous sommes trois fous fieffés.

ALF.   Allons nous-en.

LE C.
MAS. à 2 { Allons.

ALF.   Restons un peu.

LE C.
MAS. à 2 { Restons.

ALF.   Dansons un petit peu.

LE C.
MAS. à 2 { Dansons.

ALF.   Restons tranquilles.

CON.
MAS. à 2. { Fermiano.

ALF. Per voi son matta già.

(Partono.)

SCENA VII.

CHECCO solo.

CHE. Maled.t.o convito,
Io non resisto a star più' in piedi ,
Ogni momento son chiamato quà, è la ,
Ehi Checco ! voglio una limonata ,
Ei cameriere animo una cioccolata ,
A questa dama si porti una botiglia ,
Di biscotti servite il cavalier ,
E un punce a questo; un brodo caldo a
  questo.
Provere gambe mie, povera testa !

(Parte.)

SCENA VIII.

CAVALIERE.

C A V A T I N A.

Se pietoso amor tu sei
Calma, o Dio ! gli affanni miei ,
Per te sol di tante pene
L'alma in sen repirerà.
Ah ! se m'ama il caro bene ,
Qual per me felicità ?

Le C
MAS. } à 2 { Ne bougeons pas..
AIF.   Je suis déjà folle de vous deux.   (*Ils parlent*)

SCENE VII.

CHECCO seul.

Malheureux banquet ! je ne puis plus me tenir sur mes pieds. A chaque instant on me demande par-ci , par-là. Eh ! Checco je veux une limonade..... Eh ! garçon , donnez-moi du chocolat Portez un flacon à cette dame , servez des biscuits à ce monsieur. Du punch à celui-là; un bouillon chaud à celui-ci. Mes pauvres jambes n'en peuvent plus ; ma pauvre tête est perdue.   (*Il sort.*)

SCENE VIII.

Le chevalier DEL CAMPO.

CAVATINE.

Amour ! si tu ressens de la pitié , calme donc mes tourmens Après tant de peines , mon ame ne respirera que pour toi. Ah ! si je suis aimé de ma belle, rien ne peut égaler ma félicité,

Alfonsina adorata ! in questo loco ,
Esser giunta dovrebbe invano , o Dio !
Vorrei cessar d'amarla; i' suoi capricc ,
Quell' in costante umor , le sue follie
M'affligon si , ma non han forza poi ,
Da sciogliere il mio cor dai ceppi suoi ,
Ah ! se perdo Alfonsina ,
Faro' , lo giuro al ciel , qualche rovina.
(Parte)

SCENA IX.

MASSIMO , ALFONSINE , e poi il CONTE

MAS. QUANTI matti ha la terra
Credo tutti verranno a questo mio con-
vito ,
Questi . . . ma vien la dama . . . . .
s'ospira , e va' seder ,
Per non staccarmi dal di lei farmalario ,
Faro lo stesso anch'io.

ALF. Bravo costui incomincia a piacermi.

CON. (Questi che fanno)

MA . (Zitto mi fa d'occhietto).

CON. (Oime? Mi piacerebbe se la vedova
S'innamorasse di costui ancora.
Per lei d'Eleonora l'amore ho abbando-
nato
Quest' e' più ricca , ed io son un spian-
tato)

MAS. Ha pigliatto tabacco :
In consequenza devo anch'io tabaccar.

ALF. (Evviva ! pensa giusto simile a me).

Alfonsine, objet de ma flamme, êtes-vous déjà arrivée daus ces lieux ! ah je voudrais cesser de l'aimer : ses caprices, son humeur légère, ses folies m'affligent , mais ne peuvent délivrer mon cœur de ses chaînes. S'il faut perdre mon Alfonsine, oui , je le juré, je ferai quelque malheur.   (*il sort.*)

SCENE IX.

MASSSIMO , ALFONSINE , ensuite le COMTE.

MAS.   Je crois que tout ce que la terre possède d'insensés viendra à ce banquet. Ceuxci.... mais voici cette Dame.... elle soupire et va s'asseoir. Fort bien : pour ne point déroger à nos conventions. Je vais faire comme elle.

ALF.   Bravo! cet homme commence à me plaire.

LE C.   (Que font-ils ensemble ?)

MAS.   Chut ! il me semble qu'elle me fait les yeux doux.

LE C.   (Je ne serais pas fâché si la veuve allait aussi s'enflammer pour celui-ci. Je l'ai abandonné pour l'amour d'Eléonore ; elle est riche , et je suis dans la misère.)

MAS.   Elle a pris du tabac ; en conséquence, il faut que j'en prenne.

ALF.   (Fort bien ! il pense absolument comme moi.)

MAS. (Stranutata ? Or dunque
    Stranutiamo anche noi). Ecci.
ALF. (Oh caro ! e non si parte punto
    Dalle mi consequenze).
CON. (Oh che furbissimo ! ma mi regolero).

ALF. Ehi signor Massimo ?
MAS. Comandate, madama.
ALF. Un bel pensiero di farvi sposo mio,
    Mi e' giunto adesso.
MAS. Ed a me sopra giunto é' ancor lo stesso.
CON. (Cospetto non si burla).
ALF. E quando e' questo obligatevi in scritto,
    Che volete sposarmi.
MAS. Oh che allegrezza. L'ho detto già,
    Che col convitto avevo da sposarmi
    Una dama : io non son brutto.
ALF. Scrivete mio carino,
    Ch'io fratt nto a girar vo' pel giardino.
MAS. Scrivo . . .
CON. Scriver dovete,
    Quel che vi detto io,
    Seno, vi sparro cotesta mia pistolla,
    In sulla testa.
MAS. Come pistolla à me,
    Ch'istoria e' questa ?
CON. Scrivete, mi dichiaro . . . .
MAS. Mi dichiaro.
COR. D'affatto non pretender in isposa.
MAS. Chi mai.
CON. Scrivete, o sparo.
MAS. D'affatto non pretender in isposa.
CON. La vedova Alfonsina.
MAS. Ma qui non ci camina.
CON. Dunque.
MAS. Adaggio.
CON. La vedova Alfonsina.
    Pazzarella, incostante, e capricciosa,

MAS. (Elle a éternué! or donc, éternuons aussi.) *(il éternue.)*

ALF. (O cher amant! il ne cesse pas de faire comme moi)

LE C. (Le fourbe ! mais je prendrai ma revanche.)

ALF. Eh! Monsieur Massimo.

MAS. Commandez, Madame.

ALF. Il me prend une belle envie de vous faire mon époux.

MAS. Voilà précisément ce que je pensais.

LE C. (Morbleu ! ce ne sont pas des plaisanteries.)

ALF. En cé cas, signez une obligation de m'épouser.

MAS. Oh quel plaisir Je l'avais b'en dit que j'épouserai sune Dame à ce banquet. Je ne suis point laid du tout.

ALF. Ecrivez, mon cher. Pendant ce temps je vais faire un tour de jardin.

MAS. J'écris.

LE C. Vous devez écrire ce que je vous dicte ; et pour nous épargner toute contestation, mon pistolet.

MAS. Comment, un pistolet à moi! que signifie cela ?

LE C. Ecrivez. Je déclare.....

MAS. Je d'clare.....

LE C. Ne point prétendre à épouser....

MAS. Comment donc ?

LE C. Ecrivez, ou tremble.

MAS. Ne point prétendre à épouser.

LE C. La veuve Alfonsine.

MAS. Mais cela ne se peut.

LE C. Alors ....

MAS. Doucement.

LE C. La veuve Alfonsine, folle, inconstante et capricieuse.

4

MAS. Ma questo.
CON. Ebben.
MAS. Si scrivo, scrivo padron caro.
CON. Ella toma, adempite, zitto, o sparo.
ALF. Aveta scritto ?
MAS. Ho scritto.
ALF. Datemi dunque il foglio.
MAS, Per adesso non posso,
      Anzi prendete. . . . .
ALF. Cos' e' pentito siete.
MAS. Io non signora
      (Oh barbara pistola, ed inuemana).
ALF. Ma perche' si tremate?
MAS. Ho' la terzana.

A R I A.

Questa carta, che vi mostro
Io l'ho scritta adesso quà
E l'ho scritta coll' inchiostro,
Ne qui vi e' difficoltà.
Ma sappiate. . Oh che terzana
Mi fa perder la parola,
(Maledetta la pistolla,
Maledetta infermità)
Questo foglio non e' mio,
Si signora lo scritt'io,
Dalla forza fui costretto,
Cresce il freddo, e vado a letto.
Cara sposa compatite,
Ma perchè non mi capite ?
Ah che il male s'e' avanzato
Disperato sono già.

(Parte.)

(13.)

MAS.   Mais cela....

LE C.   Eh bien !

MAS.   Voilà que j'écri , mon cher Monsieur.

LE C.   Elle revient. Finissez ; silence, ou
tremblez.

ALF.   Avez-vous écrit ?

MAS.   J'ai écrit.

ALF.   Donnez-moi donc le papier.

MAS.   Je ne puis en ce moment ; mais permettez . . . .

ALF.   Comment ? vous vous repentez ?

MAS.   Non ! non, Madame. (Ah maudit pistolet !)

ALF.   Mais pourquoi tremblez-vous ?

MAS.   J'ai la fièvre tierce.

A I R,

Ce papier que je vous montre, je l'ai
écrit avec une certaine encre , où il n'y
a point de difficulté. Mais sachez . . .
oh quelle fièvre qui me coupe la parole.
(Maudit pistolet! maudite fièvre) Ce
n'est pas à moi. Pardonnez-moi ; je l'ai
écrit. Je cédai à la force. Mon frisson
croît. je vais au lit. Chère épouse , ayez
pitié de moi ; hélas ! pourquoi ne com-
prenez-vous pas ? ma maladie augmente ;
je suis désespéré.   (*il sort.*)

Fedel non troverete al par del conte...
Ma voi non rispondete;
Par che perduta abbiate
La favella... Alfonsina !
ELV. Va' via non son più quella.

ARIA.

Son Didone abbandonata
Alle fiamme m'incamino;
Ma la pira s'e' smorzata,
A morir non posso ojmè,
Son Cleopatria disperata,
Alla morte son vicina,
Ah chi vide una regina,
Sventurata al par di me.
Ah barbaro Trojano !
Ah perfido Romano !
Non sciogliere le vele,
Non mi lasciar crudele;
Ma questo già s'imbarca,
Quest' altra già camina:
Ah chi vide una regina,
Sventurata al par di me.

(Parte.)

SCENA XI.

CONTE, ELEONORA, indi CAVALIRE.

CON. Che bel colpo ch'no fatto
La mia astuzia,
Mandata a quasi in aria
Una suberba macchina;

l'armet de Rodomont, vous ne trouverez pas un amant plus fidèle que le Comte. Mais vous ne répondez point : il semble que vous ayez perdu la parole . . . Alfonsine.

ALF.   Eloignez-vous. Je ne suis plus Alfonsine.

A I R.

Je suis Didon abandonnée ; je marche au bûcher ; mais ciel ! il s'est éteint ; je ne puis mourir. Je suis la désespérée Cléopâtre , prête à subir le trépas. Ah ! qui jamais vit une reine plus infortunée que moi. Barbare Troyen , perfide Romain ; ne déploie point tes voiles ; ne me délaisses point : mais déjà celui-ci s'embarque ; déjà celui-là s'éloigne de moi. Ah ! qui jamais vit une reine plus infortunée que moi.

(elle sort .

SCENE XI.

Le COMTE, ELEONORE , ensuite le CHEVALIER.

LE C.   QUEL beau coup j'ai fait là Mon astuce a fait merveilles. Maintenant qui pour-

Or d'Alfonsina il core
Chi mi puo contrastar.
ELE. Io traditore.
CON. (Oime'.)
C V. (Qui che sifà.)
ELE. Tanto superbo
A lungo non andrai
De' tradimenti tuoi
V'e' chi fra poco
Colla spada alla mano
Vendicarmi saprà , Conte villano.
CON. (Oh sorspresa fatal?
Mas piritoso mi voglio dimostrar.)
E chi fia questo tuo bravo ,
Che si vauta d'ottenere il troffeo
Nel duello con me ?
CAV. So son, babbeo.
CON. E lei che c'entra.
CAV. C'entro come avvocato ,
Del sessso femminino.
CON. Animo , a noi.
GAV. Son pronto.
ELE. Ah no' fermate , e pure ingrato !
Sento pieta' del tuo periglio.

S C E N A XII.

Detti , ALFONSINA , e MASSIMO.

ALF. Cos'e' questo scompiglio ?
MAS. Ditemi un tal rumore
CON. Il male tutto vien dal signore.
ALF. Da quello là ?
CON. Da lui.

rait me disputer le cœur d'Alfonsine.

FLE.   Moi, traître.

LE C.   O ciel!

LE CH.   (Qu'est-ce que c'est.)

ELE.   Ton orgueil sera enfin humiliée. Voilà qui me vengera de tes perfidies, et qui, l'épée à la main saura punir un Comte indigne de ce nom.

LE C.   (Quelle surprise ! mais tâchons de montrer du courage.) Et quel est ce brave qui ose se flatter de me vaincre l'épée à la main ?

LE CH.   C'est moi, parjure.

LE C.   A quel titre ?

LE CH.   En qualité d'avocat du sexe féminin.

LE C.   Marchons donc.

LE CH.   Je suis prêt.

ELE.   Ah! non ; arrêtez ; ingrat! je sens que ton péril émeut ma pitié.

SCENE XII.

Les précédens, ALFONSINE et MASSIMO.

ALF.   Quel est ce bruit !

MAS.   D'où vient cette rumeur ?

LE C.   Tout ce fracas vient de Monsieur.

ALF.   De celui-là ?

LE C.   Précisément.

5

ALF. Andate esser non puo, nol credo.
C N. Ma s'egli....
MAS.   Che siete pazzo.
CAV. Aggiungete, birbante.
CON. Ah briccone m'insulti, e mi strapazzi
     Ah se l'ira non frenate, o belle,
     Come un crivello a' lui faro' la pelle.

ARIA.

Dov'e', dov'e' l'elmetto,
La corazza, lo scudo
Il guardinfante, che mi voglio
Vestir da cavaliere errante.
(Ah potessi scappar.)
Gl'avoli miei eran pieni di fuoco, e di
     valore,
Uno fece il coco, l'altro il freggitore;
E voi ragazze belle, non piangete per me.
     Quel pianto oh Dio !
     M'intenerisce il core,
     E piango anch'io ;
     Ma no' quest'e' viltà.
     Su via si vada, e si combatta,
     Da voi frà un quarto d'ora
     Sapro' tornar, se fossi estinto an
        Cora,
     Vieni t'attendo al campo.
     La tu vedrai chi sono,
     Mi chiederai perdono;
     Ma sara' tardi allor.
     (Non sà ch'io fo' il Gradasso
     Non vede il mio timor.)

CAV.   Ma no ch'io penso meglio
         Vo' missurarmi adesso

CON   Madame con permesso,
         Lasciatelo sfogar.

ALF.   Cela ne peut pas être. Je ne le crois
         pas.
LE C.   Mais s'il...
MAS.   Etes-vous fou ?
LE CH.   Venez-vous, scélérat ?
LE C.   Ah ! lâches, tu m'injuries, tu m'ou-
         trages ! si je m'en croyais . . je ferais
         un crible de ton corps.

A I R.

Où est le casque, où sont la cuirasse,
le bouclier, les brassards et les cuis-
sards ? Je veux m'armer en Chevalier
errant. (Ah ! si je pouvais me sauver)
Mes ancêtres étaient pleins de feu et de
valeur : tous se sont signalés par des faits
éclatans. Mes belles, ne pleurez pas sur
mon sort.

Vos larmes me ramollissent le cœur,
et je suis prêt aussi à pleurer : mais non ;
ce serait une lâcheté. Allons, allons combattre. Je reviens à vous dans un quart
d'heure, comme qu'il en soit. Allons,
viens, je t'attends au champ d'honneur.
Là, tu verras qui je suis ; tu me deman-
deras pardon ; mais il sera trop tard. (Il
ne sait pas que je fais le Rodomont, et
que je tremble de tout mon cœur.)

LE CH.   Va, je pense mieux que tu ne crois :
         tu vas en juger
LE C.   Mesdames, je vous en prie ; laissez-le
         s'enfuir.

CAV.	Fuori la spada, dico.
CON.	(Ahime queste' un intrigo.
	Ah spada maledetta
	Tutta ragginosa
	Perdoni non e' cosa
	Se qui un tantin m'aspetta
	Vado correndo, subito,
	La spada ad arrotar
CAV. à 2	{Ferma codardo vile.
MAS.	{Fermati prego amico.
G N.	Ah no' son hom d'onore
ELE.	Lasciatelo signore.
MAS.	{Su vadasi apugnar.
CAV. à 3	{
CON.	{Non posso più scappar.
CON.	Ah la Tromba gueriera michiama
	Su si vada si corra al cimento ;
	Il corraggio che in petto mi sento
	Mi trasporta, mi fa giubbilar.
MAS.	{Spero bene nel fier cimento
ELE. à 2	{Che saprà per amor trionfar
	{Vieni andiamo vedrem nel cimento.
CAV.	{Chi sapra' per amor trionfar.

(partono.)

SCENA XIII.

CHECCO, indi MASSIMO.

CHE.	Oh questo si ch' è bella ?
MAS.	A proposito, Checco caro mio,
	Sappi: son disperato.
CHE.	Perchè, che cos' è stato.
MAS.	Per un viglietto scritto a tradimento
	Più non vuole la vedova esser sposa mia.

LE CH.   Tire ton épée.

LE C.   (Ah ! c'est un complot.) Maudite épée ! elle est toute rouillée. Un peu de patience ; attendez moi un pen ; je vais tout courrant la faire dérouiller.

LE CH. à 2.   { Arrête , vil poltron.
MAS.   { Arrêtez , mon ami.

LE C.   Je suis un homme d'honneur.

ELE.   Laissez-le , Monsieur.

MAS.
LE CH. à 3.   { Viens donc combattre.
LE C.   { Je ne puis l'échapper.

LE C.   J'entends la trompette guerrière ; je cours , je vole au combat ; le courage que j'eprouve , m'enflame , me transporte de joie.

MAS.
ELE. à 3   { J'espère bien que l'amour le fera triompher au combat.
LE CH.   { Viens ; nous verrons si l'amour te fera triompher au combat.

(*ils sortent.*)

S C E N E   X I I I.

CHECCO , ensuite MASSIMO.

CHE.   Oh ! cela est vraiment beau.

MAS.   A propos, Checco, sais-tu , mon cher ? Je suis désespéré.

CHE.   Comment ? Qu'y a-t-il de nouveau ?

MAS.   Pour un billet que j'ai écrit par trahison , la veuve ne veut plus être mon épouse,

CHE. Sperate ancora.
MAS. Madama Eleonora
Perchè promisi à lei dispolleggiare
Col conte ora mi vuol far duellare.
CHE. Dunque.
MAS. Se non m' ajusti
Son morto Checco mio.
CHE. Un bel pensiero
Or mi è venuto in testa.
Ma dell' oro vi vuol.
MAS. La borsa è questa.
CHE. La vedova è già vostra.
MVS. E come, Checco bello?
Ma il fatto del duello
Come rimediare?
CHE. Prendete tempo,
Paura non abbiate;
Ma se vuol duellar, voi duellate.
(parte.)

MAS. Come sarette a dir, ferma cospetto!
Che intrigo maledetto!
Ei fugge a rompicollo,
Ed io frattanto più confuso qui sto,
Mi raccomando a te ser Bernabo?

FINALE.

MAS. Son in Mar non vedo sponde;
Mi confonde
Il mio periglio.
Come un timido coniglio.
Sto' tremando in verità·
CON. Ah se in ciel benigne stelle
La pietà non è smarita,
Voi salvate la mia vita
Da stoccate adesso quà.
MAS. Ecco il conte:
Usiam prudenza.

CHE.   Espérez encore.

MAS.   Madame Eléonore, à cause que je lui ai promis d'être de son parti contre le comte, veut me faire battre en duel.

CHF.   Eh bien ?

MAS.   Si je ne trouve moyen de me tirer de là, je suis mort.

CHE.   J'ai une bonne idée; mais il faut de l'or.

MAS.   Voilà ma bourse.

CHE.   La veuve est à vous.

MAS.   Comment, mon cher Checco ? Et surtout, comment éviter le duel ?

CHE.   Gagnez du temps; n'ayez pas peur; et puis, s'il veut se battre, battez-vous.

(Il sort.)

MAS.   Comment diable ! Arrête morbleu. Quelle maudite aventure. Il fuit à toutes jambes, et je demeure ici plus embarrassé que jamais. Je me recommande à toi, Saint Barnabé !

F I N A L E.

MAS.   Je suis comme en pleine mer, sans voir de rivage; mon péril me trouble; je tremble comme un timide lapin.

LE C.   Ah ! s'il vous reste quelque pitié pour moi, sauvez-moi, grands dieux, du danger où je suis exposé.

MAS.   Voici le comte; ayons de la prudence.

CON. Manco mal che qui v' è gente.
MAS. Servo....
CON. Servo riverente.
MAS. Che fa lei ?
CON. Lei come stà ?
MAS. Per servirla.
CON. A farmi grazia
MAS. Mi confonde.
CON. E' mio dovere.
MAS. à 2. { Che compito cavaliere !
CON.   { Che avvenenza ! che bontà !
ELE. Ecco l' ora del cimento ,
     Conte ingrato, mancatore ,
     E il mio bravo diffensore
     Per combatter pronto è già.
CON. Non lo vedo.
ELE. E' qui presente
CON. Chi è costui ?
ELE. E' questo amico?
CON. Dunque lei , è il mio nemico.
MAS. Chi m' ajuta per pietà.
CON. Su da bravo, rispondete.
MAS. Si signor.
ELE. La spada è questa :
     Ecco ancor la vostra lesta ,
     Cominciate.

CON.
MAS. a 2. Bah , ih , ah.

CON. Ma voi qui non state bene.
MAS. No, signora, non conviene.
CON. à 2 { Qualche botte traversale
MAS.   { Far del male vi postrà.
ELE. Dunque vado;
     A voi m'affido.
CON. Mene rido , bah , ih...
     Armistizio.
MAS. Punta a terra.

Le C. .Je suis fâché de voir ici quelqu'un.

Mas. Serviteur. .

Le C. Très-humble.

Mas. Comment va Monsieur ?

Le C. Comment vous portez-vous ?

Mas. Pour vous servir.

Le C. A vos ordres.

Mas. Je suis confus.

Le C. C'est mon devoir.

Mas. } à 2. { Quel chevalier accompli !
Le C.   Quelle rare bonté !

Ele. Voici l'heure du combat : Eh bien,
comte sans foi, mon brave défenseur est
prêt à se battre.

Le C. Je ne le vois pas.

Ele. Il est là présent.

Le C. C'est cet homme ?

Ele. C'est mon ami.

Le C. Ainsi donc, vous êtes mon ennemi ?

Mas. Qui aura pitié de moi !

Le C. Répondéz donc en homme d'honneur.

Mas. Oui, Monsieur.

Ele. Voilà votre épée, et voici la vôtre :
commencez.

Le C. } à 2. { Bah, ih, ah.
Mas.

Le C. Mais vous n'êtes pas bien là.

Mas. Non, Madame, votre présence est inu-
tile.

Le C. } à 2. { Quélques bottes tirées de travers
Mas.   peuvent vous faire mal.

Ele. Je m'en vais donc ; je me fie à vous.

Le C. J'en suis content. Bah, ih. . . . Ar-
mistice.

Mas. La pointe à terre.

CON. Fa da scherzo , o fa d'avvero.
MAS. Burlo cavaliero.

CON. à 2 Viva , viva l'amistà.
MAS.

ALF. Caro se varvi sposuomi
Bramo una prova sola
A colpi di pistola
Devi costui sfidar.
CON. Perche' madama bella.
ALF. Perche' m'offese a torto.
MAS. Adesso si son morto.
CON. Vi voglio contentar.
ALF. Quest' altra voi prendete.
MAS. Ah checco traditore.
CON. Vi sfido mio signore.
MAS. Potessi almen scapar.
ALF. Da bravi allegramente
Ch'io qui sto a vedere.
CON. Ma no che qui presente
Voi non potete star.
ALF. Perche'.
Per qual ragione.
MAS. La sua ragion non falla.
CON. à 2 Potrebbe qualche palla
MAS. A voi pregiudicar.
ALF. No' no' qui star voglio io.
CON. S'inganni ancora questa.
ALF.
MAS. à 3 In aria quella testa
CON. Vi voglio far balzar.

CAV. Alto fermatevi
Cessi lo strepito
L'ombra rispettisi
Si Bernabo'
MAS.
ALF. à 3 Ahime' lo spirito ?
Ahimè che spasimo
Le gambe tremano
CON. Mancando vo.

LE C.   Est-ce pour rire, ou tout de bon ?

MAS.   C'est pour rire.

LE C. } à 2. { Vive, vive, l'amitié !
MAS.

ALF.   Mon cher, si tu veux m'avoir pour
          épouse, je te demande une seule preuve
          d'amour ; c'est de tuer ce drôle-là d'un
          coup de pistolet.

LE C.   Et pourquoi, ma belle dame ?

ALF.   Parce qu'il m'a offensée.

MAS.   Pour le coup, je suis mort.

LE C.   Je veux vous satisfaire.

ALF.   Vous prendrez celui-ci.

MAS.   Ah traître de Checco !

LE C.   Je vous défie, Monsieur.

MAS.   Si je pouvais au moins me sauver.

ALF.   Allons, du courage ; je reste ici pour
          vous voir.

LE C.   Non, vous ne pouvez pas rester ici.

ALF.   Pourquoi ? Pour quelle raison ?

MAS.   Sa raison n'est pas mauvaise.

LE C. { Il serait possible que quelque balle vous
MAS. { fit mal.

ALF.   Non, non ; je veux rester ici.

LE C.   Puisse encore celle-ci se tromper !

ALF.
MAS. à 3 { Je veux faire sauter cette tête en l'air.
LE C.

MAS.   { O ciel, mon ame m'abandonne ; je
ALF. à 3. {   me trouve mal ; Mes jambes trem-
LE C.   {   blent sous moi.

LE CH.   Arrêtez ! cessez ce bruit : respectez
          l'ombre de Barnabé.

CAV. Ah moglie barbara
       Ah conte perfido
       Or con un'fulmine
       Vi puniro.
ALF. Ombra deh placati
       Sono innocente.
MAR. Io non so niente ser Barbaro.
CAV. Parlar dinozze, più non dovete,
       O quanti siete falminero.

CON.
MAS.   a 2. } Non vo piu moglie.

ALF. Non mi marito.

CON.
MAS. a 3. } Sarà obbedito sir Bernabo.
A F.

ELE.   Fuggite miei signori
LIS.   a 2. { Tremate, si termate
              Che batti core oimè.

ALF.
CON. a 3. } Ch' è stato, ch' è successo.
MAS.

CAV. Ohimè mi fa paura.

E E.   Un ombra scura, scura
LIS.   a 2. { Ho visto per mia fè.

CON.
MAS. à 3. } Noi pur l'abbiam veduta
              Guardate dove stà.
ALF.

LIS.   Ajuto, presto ajuto; due spiriti son
ELE.   a 2. {   quà.

CAV.
CON.
MAS.   a 4. } Dne spiriti che sento.
VLF.

               S'accresce il mio spavento
TUTTI. { Non ho più sangue adosso
               Fuggiamo per di là.
HE.   Da quel fiume faial d' Acheronte,
       Dove imbarca Caronte, tragletta,

LE CH. Barbare épouse ! Comte perfide ! je
vais vous punir d'un coup de tonnerre.

ALF. Hélas ! Appaises - toi , chère ombre ,
je suis innocente.
MAS. Monsieur Barnabé , je ne suis pour
rien là-dedans.
LE CH. Ne parlez plus de noces, ou je vous
foudroie tous , tant que vous êtes.

LE C.
MAS. à 2. { Je ne veux plus d'épouse.

ALF. Ni moi de mari.

LE C.
MAS. à 3. { Vous serez obéi , monsieur Bar-
ALF. nabé.

ELE.
LIS. à 2. { Fuyez , Messieurs , tremblez : ô
ciel, quelle frayeur !

ALF.
LE C. à 3 { Qu'est-ce qui est arrivé ?
MAS.

LE C. O ciel , elles me font peur.

ELE.
LIS. à 2 { Nous avons vu , très - clairement ,
une ombre ténébreuse.

LE C.
MAS. à 3 { Nous aussi , nous l'avons vue ; regar-
ALF. dez où elle est.

LIS.
ELE. à 2 { Au secours ! vite, au secours ! Il y
a deux esprits.

LE CH.
LE C. à 4 { Deux esprits ! Qu'entends-je ?
MAS.
ALF.

Tous. { Mon épouvante s'accroît, mon sang
se glace ; fuyons de ce lieu-ci.
CHE. J'accours ici , en volant avec prompti-
tude , des bords funestes de l'Achéron ,

Qui volando son corso di fretta
Perchè voglio amia moglie parlar.

ALF,
ELE.
LIS.   a 6.   { Son gelata, son fatta una mummia
CAV.   Vado resto non so che mi far :
MAS.   Impietrito son qua come statica
CON.   Gia la voce mi sento mancar.

T U T T I.

Titubaudo , sussurando
Ritrovar non so più pace ,
O nel petto una fornace
Con bolor crescendo và.

MAS.   Dimmi , dimmi , il fatto
ALF.   State cheto , state cheto
MAS.   Dimmi , dimmi Checco mio
CHE.   State zitto , state zitto.

MAS.
CON.   a 2. { Ma si sappia quale è il fatto.

ALF.
ELE.   a 3. { Zitto , zit-o in carità.
LIS,

Titubando , sussurando
Ritrovar non so più pace.
Ho nel petto una fornace
Con bolor crescendo và.

Fin du premier Acte.

où Caron fait voguer sa barque; afin de
parler à mon épouse.

ALF.
ELE.
LIS. à 6 { Je reste tout de glace , comme une
momie; je ne sais si je dois fuir
de ces lieux.
LE CH. Aussi immobile qu'une statue , je
MAS. sens que la voix me manque tout
LE C. à fait.

T O U S.

C'en est fait, la raison m'est enlevée;
ma poitrine se gonfle; je ne sais plus où
j'en suis.

MAS.   Dis-moi, dis-moi, le fait.
ALF.   Restez tranquille.
MAS.   Dis-moi le fait, mon cher Checco.
CHE.   Gardez le silence; restez tranquille.
MAS.
LE C. à 2 { Mais sachons ce qui s'est passé.
ALF.
ELE. à 3 { La paix, silence, en charité.
LIS.

T O U S.

C'en est fait, la raison m'est enlevée;
ma poitrine se gonfle; je ne sais où j'en
suis.

Fine dell' Atto primo.

ATTO SECONDO.

SCENA PRIMA.

Sala illuminata attigua al giardino con
tavola apparecchiata.

ALFONSINA , ELEONORA , il CONTE ,
MASSINO, il CAVALIERE seduti , CHEC-
CO , e LISETTA in piedi.

CORO.

A boire, à boire, à boire,
Le vin de la Champagne.
Touchez, touchez, compagne,
Touchez, touchez, Madame ,
Madame , allons , touchez.
    (*Si agann tutti dnrtaro i bicchieri.*)
CON. Evviva l'allegria.
CAV.   Viva il convito.
ALF. Viva il padron di casa.
ELE.   A tutti evviva.
MAS. Grazie, grazie, signori; or se v'aggrada
Quattro passi farcmo nel giardino.
ELE. Dice bene Don Massimo.
CAV.   Gradite   (*ad Eleonara accennando*
che vuole pungere la vanita di Alfonsina.)
Signora il braccio mio
Cosi potessi ingelosir l'ingrata.)
CON. Il vostro cavalier, bel.a , son io.
        (*ad Alfonsina.*)
ALF. Cavalier traditor !   (*da se con dispettg*
e non badando al conte.)

ACTE SECOND.

SCENE PREMIERE.

Une salle illuminée, attenante à un jardin, avec une table couverte de tout ce qui est néce:saire.

ALFONSINE, ELEONORE, le COMTE, MASSIMO, le CHEVALIER, assis; CHECCO et LISETTE debout.

CHOEUR.

A boire, à boire, à boire !
Le vin de la Champagne !
Touchez, touchez compagne,
Touchez, touchez madame ;
Madame, allons, touchez.
> *Ils se lèvent tous, et touchent les verres.*)

Le C.   Vive l'allégresse !
Le CH.   Vive le Banquet !
ALF.   Vive le maître de la maison !
ELE.   A la santé de tout le monde.
MAS.   Je vous rends grâces messieurs et mesdames. Maintenant, si cela vous fait plaisir, nous ferons un tour au jardin.
ELE.   Vous dites bien, monsieur Massimo.
Le CH.   Agréez mon bras madame.   (*à Eléonore, comme pour exciter la jalousie d'Alfonsine.*)
Puis-je ainsi punir l'ingrate.)
Le C.   Que je sois votre chevalier.   (*à Alfons.*)
ALF.   Traître de chevalier !   (*avec dépit à elle-même, ne faisant pas attention au comte*)

ᴵAS.	Con chi l' avete ?
ALF.	Eh ! nulla.
CON.	Non volete Nel giardino venir ?
ALF.	No.
MAS.	Nsp pur io Carina , non andrò.
ADF.	Anzi dovete Seguire convitati.
MAS.	E voi volete Restar qui sola ?
ALF.	O sola, o nò; vi basti (*con dispetto ed altcrizia.*) Non voglio al mio voler che si contrasti.
MAS.	Ubbidisco , ubbidisco.　　　(*parte.*)

SCENA II.

ALFONSINA ed il CONTE.

CON.	Ed io ?
ALF.	Voi tate Quello che più v'aggrada. Se volete partir, ecco la strada.
CON.	Partirò , resterò , saper vorrei Se devo, o se non devo. Ah! se non fossi Spiantato come sono, o come già L'avrei piantata là. Incerto attendo, E dal vostro voler tutto dipendo.

A R I A.

Cara in quel ciglio amabile
Ha il dio d' amor la sede ,
E solo in lui risiede
La mia felicità.

MAS.   Contre qui en avez-vous ?
ALF.   Contre personne.
LE C.   Vous ne voulez pas venir au jardin ?
ALF.   Non.
MAS.   Ni moi ma chère, je n'irai pas.
ALF.   Mais vous devez suivre les convives.
MAS.   Vous voulez rester toute seule ?
ALF.   Seule ou en compagnie, cela vous doit être égal. (*avec humeur et hauteur.*) Je ne veux pas qu'on me contrarie.
MAS.   J'obéis, j'obéis.   (*Il part.*)

SCENE II.

ALFONSINE, seule ; ensuite le CHEVALIER.

LE C.   Et moi ?
ALF.   Vous ? faites ce qui vous conviendra le mieux. Si vous voulez partir, voilà le chemin.
LE C.   Je partirai, je resterai ; je ferai ce que vous voudrez. (*à part.*) Ah ! si je n'étais dans la position où je suis, comme je la planterais là !) J'attends dans l'incertitude : c'est à vous à décider de mon sort.

AIR.

Oui, ma chère, le Dieu d'amour a établi son empire dans vos yeux ; c'est de vos yeux seuls que j'attends ma félicité. Si je manque jamais à ma foi, puissé-je être privé de la lumière du jour, et précipité dans une caverne obscure.

Se manca la mia fede
L' alma che te lo giura
Entro caverna oscura
Precipitar mi fa
Se tu m' ami caro bene
Non sa tremar quest'alma
E una fida , e lieta calma
Sola tu mi fai sperar.

ALF. Or bene, andate; e al cavalier del lampo
Dite che qui l'aspetto. Se m'amate
Ubbidite, volate.

CON.   Io vo di botto
(Qualche raggiro , oimè, cova quì sotto.)

(*parte.*)

SCENA III.

ALFONSINA sola , poi il CAVALIERE,

ALF. Cavalier, cavaliere ! or la vedremo,
E come ! in faccia mia
Osare offrir ad altra donna il braccio
Disprezzarmi cosi. Non son chi sono
Se non lo sforzo a domandar perdono.

CAV. Garbata signorina ai cenni soi
Con premura mi rendo
E dal bel labbro i soi comandi attendo.

ALF. Che compito signor. Scusi, digrazia;
(*conironia e dispetto.*)
De soi novelli amori
Mi spiacerebbe aver turbato il corso.

CAV. Dove tenda, non so, questo discorso.

ALF. Perfido; non lo sai? Eh! va infedele ,
Volubile , incostante.

CAV. Tai rimproveri a me?

ALF.   A te spergiuro.
A te che qui trovai
Un altra a vagheggiar. Or che dirai ?

Si tu m'aimes , ma douce amie , mon
ame ne connaît point la crainte ; elle ne
peut espérer que le sort le plus flatteur et
le plus doux.

ALF.   Allez donc , et dites au chevalier Del-
campo que je l'attends ici. Si vous m'aimez ,
obéissez ; volez.

LE C.   J'y vais de ce pas. (Quelle rage j'é-
-prouve au fond de mon cœur.

                                        (*Il sort.*)

S C E N E   I I I.

ALFONSINE seule ; ensuite le CHEVALIER.

ALF.

A H ! Chevalier , nous allons voir comment , à mes yeux , vous avez osé offrir la
main à une autre femme. Me mépriser ainsi !
Je ne serai contente que lorsque je l'aurai
contraint à demander pardon.

LE CH.   A vos ordres sacrés pour moi , vous
voyez , Madame , avec quel empressement
je me rends. J'attends que votre belle bouche ordonne.

ASF.   C'est assez , Monsieur , excusez , de
grâce , je craindrais de troubler le cours de
vos nouvelles amours.

LE CH.   J'ignore où tend ce discours.

ALF.   Perfide , tu ne le sais pas ? Eh , vas , fuis,
infidèle , volage , inconstant.

LE CH.   A moi , ces reproches ?

ALF.   A toi , parjure , à toi que j'ai vu en cour-
tiser une autre. Faut-il en dire davantage ?

CAV. Che se colpevol sono
Degno son di perdono, e che potrei
Scusar col vostro esempio i falli miei.

ALF. Ingrato! ah! non è vero
Tu sai ch'io scherzo, e tu ?.... tu fai da vero.

CAV. Alfonsina, t'inganni.... in questo core
Regni, regni tu sola, i tuoi rimproveri
O quanto, anima mia, cari mi sono.
Ah! mi fulmini il ciel, se t'abbandonno.

D U E T T O.

Se fedel mi sei, ben mio,
Che bramar non sa il mio cor.

ALF. Si, mio ben, fedel son io,
Ne ingannar sa questo cor.

CAV. Cara....

ALF.   Caro..,.

CAA.
ALF. à 2. {   Mio tesoro.

ALF. Per voi vivo.

CAV.   Per voi moro.

ALF. Mi sarete....

CAV.   Fido ognora.

a 2. Perderò la vita ancora
Pria ch'io manchi a voi di fe.
De nostri cori innamorati
I dolci ardori i lacci amati
Se non sei barbaro deh! serba amo
Ah dal contento in petto
Balzar mi sento il core
Più amabile diletto
Di questo mio non v'è.

S C E N A I V.

MASSIMO, CAVALIERE, ALEONSINA.

MAS. O_{RSU}' parliamo a noi
Le vostre nozze.

LE CH.   Si je suis coupable, je suis digne de pardon ; car je pourrais m'excuser de mes erreurs sur votre exemple.

ALF.   Ingrat. Ah , tu sais bien que je badinais ; mais toi , tu m'as trompé véritablement.

Le CH.   Alfonsine, tu t'es abusée. Tu règnes seule dans mon cœur. Tes reproches m'ont été bien chers. Ah , puisse le ciel me punir si je t'abandonne.

D U O.

Si tu m'es fidelle , ma douce amie ; mon cœur n'a rien à désirer.

ALF.   Oui , mon cher , je te serai fidèle ; mon cœur ne connaît point le parjure.

Le CH.   Ma chère.

ALF.   Mon cher.

Le CH.
ALF.   { Mon trésor.

ALF.   Je vis pour vous.

Le CH.   Pour vous , je meurs.

ALF.   Vous me serez....

Le CH.   Toujours fidèle.

à 2.   Je perdrai la vie plutôt que de manquer de foi.

O amour ! si tu n'es pas un Dieu barbare , conserve la flamme qui brûle nos cœurs et resserre les doux liens qui nous unissent.

Ah, comme le cœur me bat de joie ! Il n'est point de plus doux plaisir que celui que je sens.

S C E N E   I V.

MASSIMO , le CHEVALIER , ALFONSINE.

MAS.   Or sus, parlons de nos noces.

ALF. Di quai nozze parlate ?
     Io si di furia decidere non voglio
     Leggi sopra il mio cor da voi non voglio.
MAS. Io non compresi nulla,
     E il signor Lampo ,
     Che dice ancora.
CAV. Quello che disse l' l'affricana Regina.
MAS. È che dicea ?
CAV. Passà quel tempo Enea,
     Che Dido a te pensò
     Spenta è la face,
     È sciolta la catena
     Ma tutti noi qui resteremo a cena.
MAS. Ceuar vuol la mia sposa !
     Oh che contento ,
     Il matrimonio è fatto.
CAV. Oh che siocco , oh che matto ,
     A meraviglia
     Compresa avete tutto.
MAS. Son sposo , son bello , e non son brutto.

A R I A.

     Cucinate , cucinieri ,
     Crederzieri lavorate ,
     Torce , e lumi Camerieri ,
     Servitori apparecchiate.
     Le mie nozze in questa sera
     Noi vogliamo festeggiar.
     Apparate sian le stanze ,
     Sia l' orchestra numerosa ,
     E con iaici, e contradanze
     Allegrezza s'ha da far.   (*parte.*)

ALF.　De quelle noces parlez-vous ? Je ne veux pas me décider si vîte ; et d'ailleurs, mon cœur me dit qu'il ne veut pas de vous.

(*Elle sort.*)

MAS　Que dites-vous, Monsieur le chevalier ?

LE CH.　Je dis ce que disait la reine d'Afrique.

MAS.　Et, que disait-elle ?

LE CH.　Le temps est passé, Enée, où je pensais à toi ; le flambeau est éteint ; la chaîne est brisée. Mais nous resterons ici tous à souper.

MAS.　Mon épouse soupera ici ? Oh que je suis content ! le mariage est conclu.

LE CH.　Oh le sot ! l'imbécile ! Vous avez tout compris à merveille.

MAS.　Je suis époux ; je suis beau, et point laid du tout.

A I R.

Allons, cuisiniers, à l'ouvrage ; garçons, laquais, serviteurs, apprêtez tout : Nous célébrerons ce soir mon heureux mariage. Que les salles soient illuminées ; que l'orchestre soit nombreux : il faudra que tout partage mon allégresse.

(*Il sort.*)

CON.   (Zitto cospetto.)
MAS.   E dopo la preghiera?
ALF.   Chi dal mio core sara' più acclamato
        Quello per sposo mio ho destinato.
CON.   (Ho interso quanto basta.)   (parte.)
ALF.   Cosa dite.
MAS.   Dico che siete mia.
ALF.   Dunque si vada
MAS.   Amore a dente asciutto
        Non mi fare restare, io non son brutto.
                              (partono.)

S C E N A V I.

CHECCO solo.

Ah! ah, mi vien daridere
Con questi convitati, tanti matti
Mi sembran tutti quanti,
E dame, e servi cavalieri erranti. (parte.)

S C E N A VII.

Giardino.

ALFONSINA, CONTE, CAVALIERE, MASSIMO.

ALF.   Eccoci avanti all' idolo,
        Pian piano accostiamoci a lui.
MAS.   Cheto, e sommesso
        Io vi seguo cor mio come agnellino.
ALF.   Cosa fa' il vostro cor.
MAS.   Batte un tantino.
ALF.   Buon segno,
        Buono augurio.

LE C.   (Silence, écoutons.)

MAS.   Et, après la prière ?

ALF.   J'ai résolu de prendre pour époux celui des trois qui me touchera le plus au cœur.

LE C.   (J'ai entendu, cela suffit.)

(*Il sort.*)

ALF.   Que dites-vous ?

MAS.   — Je dis que vous êtes à moi.

ALF.   Allons-y donc.

MAS.   Amour ! ne trompes pas mon espoir : Je ne suis pas laid.

(*Ils sortent.*)

SCENE VI.

CHECCO seul.

JE ne puis m'empêcher de rire en voyant ces convives si fous, aller et venir, Dames, Messieurs et serviteurs, comme des chevaliers errans.

(*Il sort.*)

SCENE VII.

Un jardin.

ALFONSINE, le COMTE, le CHEVALIER, MASSIMO.

ALF.   ME voici devant l'idole : approchons-nous doucement.

MAS.   Je vous salue, ma chère, doux et soumis comme un agneau.

ALF.   Que fait votre cœur ?

MAS.   Il bat un petit peu.

ALF.   Bon signe, bon augure.

MAS. Dunque quando, e cosi,
　　　Facciamo presto,
　　　Quel che abbiamo da fare.
ALF. Bisogna prima il nume ossequiare.
MAS. Si facciam pur le esequie:
ALF. In quella parte,
　　　Convien ch' io parsi.
MAS. Ed io, in quest' altra staro'
ALF. Rispetto.
MAS. Omaggio.
ALF. A te Cupido mio fo riverenza.
MAS. Riverisco ancor' io vostra excellenza.
ALF. Orsu' prima per voi, si faccia la prieghiera.,
　　　Siete all' ordine.
MAS. Disposto son già.
ALF. Le nostre brame
　　　A lui dunque spiegamo ,
　　　Ed a far la preghiera incominciamo.

QUARTETTO.

MAS.　　　Amor mio bellissimo ,
　　　　　Più dolce assai delzucchero ,
　　　　　Il tuo benigno oracolo ,
　　　　　Da te vogliamo quà.
CON.　　　Squaquera, quaraquà.
CAV.　　　Ma, ma, ma, marmeo.
CON.　　　Squáraqua cheà, squasquarà ,
　　　　　Squa, squa, squa, squarà.
MAS.　　　Oime', oime'; che mai rispondono.
ALF.　　　Amore, ed imeneo.
MAS.　　　Ma che linguaggio barbaro.
ALF.　　　E greco, e greco zitto là.
MAC.　　　Le nostre preci fervide ,
　　　　　Or qui stiamo a far.
　　　　　Amor di due bell'anime ,
　　　　　Consola tu la speme.
CAV. ┐   Se v'unirete insieme.
　　　 à 2
CON. ┘   La morte pronta stà.
ALF. ┐   Ringrazio lor signori.
　　　 à 2
MAS. ┘   Di tanta carità.

MAS. Puisque cela est ainsi, faisons vîte ce que nous avons à faire.

ALF. Il faut d'abord présenter nos hommages à la divinité.

MAS. Présentons-les.

ALF. Il convient que je passe de ce côté.

MAS. Moi, je resterai de ce côté-ci.

ALF. Respect.

MAS. Hommage.

ALF. Je te salue, Cupidon.

MAS. Je salue ton excellence.

ALF. Commençons par faire la prière : Etes-vous prêt ?

MAS. Je suis prêt.

ALF. Exposons-lui nos desirs, et commençons notre prière.

QUATUOR.

MAS. Mon aimable petit amour plus doux pour moi que du sucre, nous invoquons ton oracle protecteur.

Le C. Squaguera, quarapua.

Le CH. Ma, ma, ma, marmeo.

Le C. Squaragua, squa, squaquara, Squa, squa, squa, squara.

MAS. O ciel ! qui nous répond ?

ALF. L'amour et l'hymenée.

MAS. Mais quel langage barbare !

ALF. Il parle grec : écoutons en silence.

MAS. Nous t'adressons amour nos ferventes priéres ; remplis l'espérance de deux âmes où tu règnes.

Le CH.
Le C. à 2 { Si vous vous unissez, vous mourrez.

ALF.
MAS. à 2 { Nous vous rendons grace de tant de charité.

CON. Squaquara quagli squicquera.
CAV. Mamamama marmeo.

CAV.
CON.
MAS.   à 4 { Squacquara quagli scquaquara.
ALF.   { Ringrazio lor signori di tanta carità.

MAS. Madama vi son servo ;
ALF. Carino vi saluto.

MAS.   à 2 { Per sposo vi rifiuto.
ALF.   { Vi lascio in libertà.

CAV. Fermate.
CON. Fermate.

MAS.   à 2 { Ch'e terrore.
ALF.

CON. Le veci io fò d'Imene.
CAV. Le veci io fo' d'Amore.

MAS.   à 2 { Soccorsoc chi ci dà.
ALF.

CAV.   à s { No' non v'e' soccorso.
CON.

ALF.   à 2 { Ajnto.
MAS.

CAV.   { Non danno ajuto i mostri.
CON.   à 4 { Le stelle a danni nostri.
MAS.   { Sdegnate sono già.
ALF.

S C E N A VIII.

Camera.

CHECCO, e LISETTA.

CHE. PER grazia c' e nessuno che mi dica.
LIS. Per favor c' e nessuno che m'insegna.
CHE. Don Massimo ove sia.
LIS. Dove si trova la Padrona mia.
CHE. Chi domandi Lisetta ?

Le c.   Squaquara, quagli, squiquera.

Le ch.   Ma, ma, ma, ma, marmeo.

Le ch.   Squaquara, quagli squiquera.
Le c.
Mas.   à 4   Nous vous rendons grâce de tant de cha-
Alf.   rité.

Mas.   Madame, je suis votre serviteur.

Alf.   Mon cher je vous salue.

Mas.   épouse :
       à 2   Je vous refuse pour époux : je vous laisse
Alf.   en liberté.

Le ch. à 2 Arrêtez !
Le c.

Mas.
       à 2   Quélle frayeur.
Alf.

Le c.   Je serrerai les nœuds de l'hyménée.

Le ch.   Je formerai les nœuds d'amour.

Mas.
       à 2   Qui nous donne secours !
Alf.

Le ch.
       Il n'y a point ici de secours.
Le c.

Alf.
       à 2   Au secours !
Mas

Le ch.
Le c.   à 4   Personne ne donne secours : le ciel est
Mas.   irrité contre nous.
Alf.

S C E N E   V I I I.

Une chambre.

CHECCO, LISETTE.

Che.   En grâce ne peut-on me dire....

Lis.   Ne peut-on me faire la grâce de m'en-
       seigner...

Che.   Où est monsieur Massimo ?

Lis.   Où est ma maîtresse ?

Che.   Que demande Lisette ?

LIS. Cerco la mia signora.
CHE. E il mio Padrone cercando vado ancora.
LIS. O questa si cb' e' bella.
CHE. Staranno a far l'amore.
LIS. E' cosa facile.
CHE. Facciamolo ancor noi.
LIS. E perche' no,
ma io come si faccia ancor non so'
CHE. Povera innocentina.
LIS. Piano un poco
Cosa pretendì dir ?
CHE. Sei bella, e grossa,
E l'amore non sai fare.
LIS. Adesso ta cagion ti vo spiegare.

SCENA IX.

GAVALIERE, CHECCO, CONTE, ELEO-
NORA.

CHE. Costei si puo' chiamare
La rarità del mondo.
ELE. Insomma Checco,
Il conte dove sia si puo sapere ?
CHE. Eccolo che sen viene col cavaliere.
(*Parte.*)
ELE. E' vero in questa parte mi voglio ritirare
Per stare attentamente ad ascoltare.
CAV. Oh che burla, o che burla.
CON. Amico caro l'abbiamo fata bella.
CAV. Dunque la vedovella.
CON. Assicuratevi vostra sposa sarà,
Ma non mancate di far quel che v'ho detto.
CAV. Sarà fatto.
CON. E di star zitto ancor.
CAV. Non parlo affatto
Dunque lei questa sera.

LIS. Je cherche ma maîtresse.
CHE. Et moi, je cherche mon maître.
LIS. Voilà qui est beau !
CHE. Il se parlent d'amour.
LIS. Cela se peut bien.
CHE. Qui nous empêche d'en faire autant ?
LIS. Sans doute : mais je ne sais pas encore comme on parle d'amour.
CHE. Pauvre innocente !
LIS. Dis-moi tout bas ce que tu entends dire.
CHE. Comment! tu es jeune et jolie et tu ne sais pas parler d'amour?
LIS. Je t'en expliquerai la raison   (*Elle sort.*)

SCENE IX.

Le CHEVALIER, CHECCO, le COMTE, ELÉONORE.

CHE. On peut appeller cette fille la merveille du monde.
E LE Enfin, Checco, peut-on savoir, où est le Comte ?
CHE. Le voilà qui vient avec le Chevalier.
                              (*il sort.*)
ELE. Cela est vrai. Je vais me cacher dans cet endroit pour les écouter attentivement.
Le CH. Oh quelle plaisanterie !
Le C. Mon cher ami, nous l'avons faite belle.
Le CH. Ainsi la petite veuve....
Le C. Sera très-certainement votre épouse : mais ne manquez pas de faire ce que je vous ai dit.
Le CH. Je le ferai.
Le C. Gardez le silence.
Le CH. Je ne parlerai point. Ainsi elle sera ce soir....

CON. Vi verra' nel giardino a ritrovare,
Con ma schera sul viso,
Fd io che saro' ancor mascherato
Ve la presentero' di propria mano.
ELE. Che trappolor.
CAV. Che cavalier compito.
CON. Il colpo è' fatto già.

(*Parte.*)

ELE. (Tutto ho capito)
Si puo' venire avanti.

(*Senjessen vedute del Conte.*)
CAV. Padronissima,
Avanzatevi pure
Stella del mio amoroso firmamento.
ELE. Non è fajto per me tal complimento.
CAV. E perchè nò?
ELE. Se giudico
Dall' infame condolta,
Che il conte tien con me, come poss' io,
Credere di ritrovare un cor sincero?
CAV. Il conte ha torto, è vero,
E se per Alfonsina,
Vi tradisce così, bella qual siete,
Renderli la pariglia voi potete.
ELE. O Dio!
CAV. Voi sospirate.
Eh! via. Più non pensate,
A quell' infido core:
Non val, che vi tradi, tanto dolore.

A R I A.

Pensa che quell' ingrato
Ti lascià in abandono,
Non merita perdono.
Se amor per te non ha.
Calma gli affanni tuoi,
Il tuo dolor raffrena.
Non val cotanta pena
La perdita d'un cor.

Le C.   Dans le jardin avec un masque sur le visage ; et moi qui serai aussi masqué, je vous la présenterai de ma propre main.

ELE.   Quel traître !
Le CH.   Le Chevalier est au fait.
Le C.   C'est une chose terminée.   (*il sort.*)

ELE.   (*sans être vue du Comte.*) J'ai tont entendu : je puis m'avancer.
Le CH.   Avancez–vous, Madame, étoile de mon amour !
ELE.   Ce compliment n'est pas fait pour moi.
Le CH.   Pourquoi non ?
ELE.   Si j'en juge par l'infâme conduite que le Comte tient avec moi, comment puissé-je me flatter de trouver un cœur sincère.
Le CH.   Le Comte a tort, cela est vrai : mais s'il vous trahit pour Alfonsine, il vous est facile de lui rendre la pareille.

ELE.   O Dieu !
Le CH.   Vous soupirez ! allons, ne pensez plus à ce cœur perfide ; il ne mérite pas les douleurs qu'il vous cause.

A I R.

Pense que cet ingrat t'abandonne, et son indifférence ne mérite aucun pardon. Calme tes tourmens ; laisse la paix rentrer dans ton ame ; la perte d'un cœur n'est point digne de tant de regrets.   (*il sort.*)

SCENA X.

ELEONORA, poi LIZETTA.

ELE. CHEAL conte io più non pensi; povere
sciocco ! Lisettá.
LIS. Chi mi chiama ?
ELE. Una finezza voglio da te.
LIS. Comandi :
ELE. Di Alfonsina, io devo andare in tracc
Ma se non la rintrovo,
In vece sua quando che si fa notte.
Con maschera sul viso vorrei che tu v
Nel giardino.
LIS. Perchè ?
ELE. Far vuo' una burla al mio contino.
LIS. Per me la serviro'....
Ma se col Conte....
ELE. Se col Conte ingiardin t'incontrerai,
Di che Alfonsina sei, ne temer guai.
LIS. Vado dunque a cercar le mascheretta.
ELE. Bada bene Lisetta.
LIS. Ho già capito.
ELE. Finira' coll' inganno oggi il convitto.

(*Parte.*)

SCENA XI.

Giardino.

MASSIMO, ALFONSINA, e CHECCO.

MAS. ECCOLA dove sta' ?
Della paura mezza morta resto' la poverella
Non so'.... Vorrei chiamare.... soccor-
rer la vorrei....
Ma con che cosa,
Poveri' affetti miei, misera cosa.

SCENE X.

ELEONORE, ensuite LISETTE.

ELE. Que je ne pense plus au Comte : le pauvre sot ! Lisette !

LIS. Qui m'appèle ?

ELE. Je veux que tu me rendes un service.

LIS. Commandez.

ELE. Je vais aller sur les traces d'Alfonsine ; mais si je ne la trouve pas, je voudrais qu'en place d'elle, tu vins, lorsqu'il fera nuit, avec un masque sur le visage, dans le jardin.

LIS. Pourquoi faire ?

ELE. Je veux jouer un tour au Comte.

LIS. Je désire vous servir...... Mais si le Comte.....

ELE. Si le Comte te rencontre dans le jardin, dis que tu est Alfonsine, et ne crains rien.

LIS. Je vais donc chercher le masque.

ELE. Fais bien attention, Lisette.

LIS. J'ai bien entendu.

ELE. Cette tromperie sera la fin de ce banquet.

(elle sort.)

SCENE XI.

Un jardin.

MASSIMO, ALFONSINE, et CHECCO.

MAS. La voilà, où elle était demeurée, la pauvre petite ! moitié morte de peur.... Je ne sais.... Je voudrais appeler.... Je voudrais la secourir.... Mais avec quoi.... Quel embarras.... Quel malheur !

CHE. Padrone siete qui :
MAS. Ah Checco mio
 Sei capitato a tempo.
CHE. Cosa e' stato ?
MAS. Guarda l'a la mia sposa.
CHE. Ohime' l'avete uccisa voi ?
MAS. Tu che sei pazzo
 E' andata in occidente.
CHE. Via, via, quando sarà cosi non sarà niente.
MAS. Ajutamola dunque.
CHE. Eccomi pronto.
MAS. Anima mia.
CHE. Signora.
ALF. Ahime'.
MAS. Zitto.
CHE. Respira :
MAS. Guarda, guarda il babbeo.
CHE. Guardi la vecchia.
ALF. Dove son chi michiama.
MAS. Il tuo fedele.
CHE. Checchino il cameriere.
ALF. Ahime' che osseivo...
MAS. Cos'e' ?...
CHE. Questa vaneggia.
MAS. Tu deliri Alfonsina.
ALF. Eh o' ingannate
 Alfonsina e' grà morta ,
 E negli Elizl, l'ombra di Bernabo'
 Va ritrovare....
 Lasciatemi passare furie spietate
 Ma...zitto...la porta a stridere gia' sento
 Ecco..Ecco gli Elisi ah che contento.
 Ma qual grata armonia
 E' questa mai che mi rapisce il cor
 Oh comme placidi scorrono iruscelletti
 Cantano gli augelletti
 E questa lira che dolcemente suona
 Pur' desta in me piacere.
 Ma da qui mi sta una voce
 Che mi chiama infretta
 Ah che lo sposo mie di là mi aspetta

CHE.   Vous voilà, Monsieur ?

MAS.   Ah ! mon cher Checco , tu viens à propos.

CHE.   Qu'est-il arrivé ?

MAS.   Regarde-là ma chère épouse.

CHE.   O ciel ! est-ce que vous l'avez tuée ?

MAS.   Que tu es sot ! elle est évanouie.

CHE.   Si ce n'est que cela , ce ne sera rien.

MAS.   Tàchons de la faire revenir.

CHE.   Me voilà prêt.

MAS.   Ma chère ame !

CHE.   Madame !

ALF.   Hélas !

MAS.   Silence !

CHE.   Elle respire.

MAS.   Regardez l'imbécile.

CHE.   Regardez la vieille.

ALF.   Où suis-je ? qui m'appelle ?

MAS.   Ton fidèle amant.

CHE.   Le petit Checco , votre serviteur.

ALF.   O ciel ! que vois-je ?

MAS.   Qu'est-ce ?

CHE.   Elle bat la campagne.

MAS.   Tu es dans le délire , ma chère.

ALF.   C'en est fait, Alfonsine est morte : elle va
retrouver l'ombre de Barnabé des les champs
Elysées. Laissez-moi , inexorables furies....
mais chut ! j'entends ouvrir la porte.....
voilà les champs Elysées...... ah ! quel ra-
vissement.

Quelle douce harmonie viens ravir mon
cœur ! avec quelle douceur coulent ces pe-
tits ruisseaux ; que ces oiseaux chantent
tendrement ! et cette lyre qui mêle ses ac-
cords à leurs accens , quel plaisir elle me
canse ! mais voilà une voix qui m'appelle
dans ce bosquet de myrtes : c'est la voix
de mon époux qui m'attend.

Cara voce del mio Bene ,
Gia' ti sentò , eti ravviso ,
Tu mi chiami in questo Eliso
Dolcemente a riposar.
Fra quei mirti , e fra' quell'ombre ,
Ecco avanzo il passo anch'io
E vicina a te ben mio
Vengo l'ama à consolar.   (*parte.*)

S C E N A   XII.

MASSIMO , CHECCO e CAVALIERE.

CHE. Lo credo che sia pazza diventata.
MAS. Ah se sapessi tutto. Fu paura cor mio.
CHE. Ah poveretta ,
　　　Dunque lasciarla non convien soletta :
MAS. Mi dispiace ch'e' notte ,
　　　E ancor non vedo principio d'allegrezza ;
　　　Ho gran paura, che questi miei sponsali
　　　S'abbiano a convertire in funerali
CAV. Fra poco qua venire dovrebbe
　　　Quella amica mascherata ,
　　　Che gia' all'occaso il sol fè ritirata.
MAS. Chi e' che senza naso.
CAV. So non m'inganno , e' lei ,
　　　O non e' lei.
MAS. E' lui , onon e' lui.
CAV. Don Massimo.
MAS. Don Lampo.
CAV. Ah caro amico cosa fate costi.
MAS. E lei che fà costà.
CAV. Aspetto la mia sposa.
MAS. La sua sposa ?
　　　E chi e' questa Signora ?
CAV. (Politica.) E madama Eleonora.
MAS. Evviva il signor Lampo.
CAV. Il questo sito quando sarà più notte
　　　Ci dobbiamo fra noi stringer le destre .

Je te reconnais; chère voix de mon bien aimé; tu m'invites à me reposer dans ces heureux bocages. Je vole à toi à travers ces myrthes et ces ombres; mon ame brule de se réunir à la tienne.   (*elle sort*).

SCENE XII.

MASSIMO, CHECCO, le CHEVALIER.

CHE. Je crois qu'elle est devenue folle tout-à-fait.

MAS. Si tu savais ! tout épouvante mon cœur.

CHE. Il ne faut pas la laisser ainsi toute seule.

MAS. Je suis fâché qu'il fasse nuit ; rien ne me rassure, et je crains bien que mes nôces ne se changent en funérailles.

LE CH. Cette amie devait venir ici, sous peu de remps, masquée. Déjà la nuit favorise ce dessein.

MAS. Qui est-ce ?

LE CH. Si je ne me trompe, c'est elle : non ce n'est pas elle.

MAS. C'est lui : non ce n'est pas lui.

LE CH. Don Massimo.

MAS. Don Lampo.

LE CH. Ah, mon cher ami, que faites-vous ici ?

MAS. Et vous, que faites-vous là ?

LE CH. J'attends mon épouse.

MAS. Votre épouse ? et qui est cette épouse ?

LE CH. (feignons) c'est Madame Eléonore.

MAS. Bravo, Monsieur del Lampo.

LE CH. C'est dans ce lieu, quand la nuit sera plus obscure que nous devons nous donner la main.

MAS. Ma perche' si di notte, ed in giardino.
CAV. Per non far traspirar niente al contino

F I N A L E.

CAV. Umidetta, e tenebrosa
Sorge già la notte oscura
La mia cara amate sposa
A momento qui verrà
MAS. Più non so dove mi sia
Parmi stare in una botte,
Oh che fosca, e nera notte,
O che brutta oscurità.
CAV. Con non bello agnello.
MAS.   (L'angellin non canta piu'
e à 2{ Sol si sente il pipistrello,
CAV.   (La cicalo, ed il cuccù.
CON. Come Belua furibonda.
Ch'allo oscuro usci d'aguato
Cos' anch'io da disperato
Qui fra l'ombre errando va.
ALF. Fra la notte, e la paura (*Alfons. con Eléon.*)
Vo movendo incerto il passo
Ogni tronco, ed ogni sasso
Questo cor fa palpitar.
ELE. 'Non temete, vav anzate
Seguitate a caminar.
CAV.   (
e à 2{ Eh zizi.
MAS.   (
ALF.   (
CAV. à 5 {
MAS.   { Zi zi zi zi.

à 4 (Io non so se di qualcuno,
Mozzi accenti siano quelli,
Osian stati Pipistrelli,
Con quel zozizozi,
Ah confuso io sono qui.

MAS.   Mais pourquoi de nuit, dans un jardin ?
LE CH.   Afin que le Comte n'en puisse rien savoir.

FINALE.

LE CH.   La nuit s'avance humide et ténébreuse ;
ma chère épouse va venir dans un moment.

MAS.   Je ne sais plus où je suis ; il me semble
être dans un four ; oh ! qu'elle nuit épaisse ,
quelle affreuse obscurité ?
LE CH.   C'est le moment du rendez-vous.
MAS.
à 2.   { Le petit oiseau ne chante plus ; on
n'entend que les cris aigus de la cigale et
LE CH.   dn coucou.
LE CH.   Semblable à une ombre irritée qui erre dans
la nuit, je vais sans savoir où je suis.

ALF.   Incertaine, tremblante, je marche dans
l'obscurité : chaque caillou , chaque arbuste
que je heurte , font palpiter mon cœur.
ELE.   Ne craignez rien ; suivez votre chemin.
LE CH.
MAS.   à 2. { Oh ! chit, chit.

ALF.
ELE.
LE CH. à 5. { Chit , chit , chit , chit.
LE C.
MAS.

à 4. { Je ne sais si ce sont les accens de quelqu'un, ou si ce sont les grillons qui font
ainsi chit, chit. Je ne sais qu'en penser.

CON. Mascheratta siete voi.
ALF. Si sono io bell' idolomio.
CON. Cavaliere.
CAV. Mio contino.
CON. La sua sposa è questa quà.

> (*Prende loer*
> *limira Alfonsina e, la da al cava.*)

CAV. Siete mia,
Si son vostra.

ALF.
ELE.
CON. à 5 { Il bel colpo è fatto già.
ALF.
MAS.

LIS. Pian piano tremante m'inoltro meschina,
Madama Alfonsina non posso trovar.
MAS. Ma gente s'avvanza,
CON. Qui ciè altra donna.
CAV. à 2 { A son coi mia sposa di più che bra-
ALF.   mar.
MAS. S'accosta.
CON. Che e' lei ?
ALF. La vedova sono.
ELE. Chi e' qua.
CON. Chi tu sei.
ELE. Il conte mi parla

> (*Adonna Alfonsina.*)

CON. So sono il tuo conte.
ELE. Son io la tua sposa.
A me la manina ti voglio sposar, .

> (*Prende la mano*
> *di Lisetta, e, lo da al conte. E poi, pose gia*
> *e, Massimo la prende, la mano credende*
> *che sio Alfonsina.*)

CON. A me la manina ti voglio sposar,
Son qua mia sposina.
LIS. Son qua mia diletta.

> (*Da la mano al Conte.*)

LEC. >Etes-vous masquée.

ALF. Oui, je le suis, mon doux ami.

LE C. Chevalier !

LE CH. Mon cher Comte.

LE C. Voilà votre épouse. *(il prend*
Alfonsine par la main et la donne au Chevalier.)

LE CH. Vous êtes à moi.

ALF. Je suis à vous.

ALF.
ELE.
LE C. à 5. { Le coup est déjà fait.
LE CH.
MAS.

LIS. Allons doucement, je tremble ; je puis
rencontrer Madame Alfonsine.

MAS. Quelqu'un s'avance.

LE C. Il y a ici d'autres femmes.

LE CH.
ALF. à 2. { Je n'ai plus rien à désirer.

MAS. On se rencontre.

LE C. Qui êtes-vous ?

ALF. Je suis la veuve.

ELE. Qui est là ?

LE C. Qui est-tu ?

ELE. Le Comte me parle. *(à Alfonsine.)*

LE C. Je suis le Comte.

ELE. Je suis ton épouse : donne-moi la main,
je t'épouse. *(elle prend la main de*
Lisette et la donne au Comte ; ensuite elle
se promène, et Massimo la prend par la
main croyant tenir Alfonsine.)

LE C. Donne-moi la main, je t'épouse ; je suis
là ma chère épouse.

LIS. Je suis là, mon doux ami.
(elle donne la main au Comte.)

ALF.		
CON.	à 4	Fra' un altro pochetto,
MAS.		Gran risa ho da far.
CAV.		

CHE.   Signori cosa fate,
        Scusatemi a quest'ora,
        All'umido l'amore,
        No no che non si fa.

MAS.   Che vedo, ah son tradito.

CON.   Che vedo, ah son burlato.

ELE.		Un sposo più comito di questo non
ALF.	à 3	si dà,
LIS.		Ah conte.

CHE.		
CAV.	à 4	Che strano avvenimento,
CON.		Che caso inaspettato.
MAS.		

ALF. à 5 Ragion più in me non sento,
        Vacillo adesso qua

CAV.   Signor conte.

CON.   Vanne àl diavolo,
        Or altro non mi resta,
        Che battere la testa,
        A un albero di quà.

CAV.   Madama.

ELE.   Oh che allegrezza,
        Via non tante smanie,
        Amor con dolcezza,
        La piaga sanerà.

CHE.   Signori.

CAV.		
ALF.	à 3	Ah che spasso la scena e' troppo bella.
ELE.		

CHE.   Padron.

CON.   Le mie cervella,
        Per aria vanno già.

CHE.   Lisetta mia carissima.

LIS.   Creanza signor Asino,
        Rispetta l'illustrissima,
        Per grado, e nobiltà.

ALF.
Le C.
MAS.   à 4. { Dans un moment il y aura ici de quoi
Le CH.   rire.

CHE.   Messieurs que faites-vous ici? Permettez-
         moi de vous dire qu'à cette heure, à l'humi-
         dité, il est dangereux de faire l'amour.
MAS.   Que vois-je ? je suis trahi !
Le C.   Que vois-je ? je suis joué !

ELE.
ALF. à 3. { On ne peut rencontrer pire.
LIS.

CHE.
Le CH. à 4. { Quel évènement étrange, inattendu !
Le C.
MAS.

ALF.   Je perds la raison ; je chancelle.
Le CH. Monsieur le Comte ?
Le C.   Vas au diable : il ne reste qu'à me briser
        la tête contre un arbre.
Le CH. Madame ?
ELE.   Oh quelle joie ! adieu les tourmens ; c'est
        le moment de l'amourr
CHE.   Messieurs ?
Le CH.
ALF. à 3. { Quel divertissement ! qu'elle scène !
ELL.

CHE.   Mon maître ?
Le C.   Ma tête est absolument perdue.
CHE.   Lisette, ma chère ?
LIS.   Du respect, Monsieur le sot : vous me
        voyez montée au plus haut rang.

I I

CHE. Signori in confidenza,
Se mai non lo sapete,
Voi tutti pazzi siete.

LIS.
ALF.
CAV. à 6 { Quest'è la verità.
CON.
MAS.
ELE.

TUTTI.

Par che già nell'ospitale,
Tutti siamo pazzarelli,
Guarda questi, e guarda quelli,
Delirando qua, e là.
MAS. Chi barbotta, e lungo passo,
Passeggiando cosi và.
CON. Chi per rabbia il contrabasso,
Già suonando sene sta infre.
CAV. { Cha per spasso sta billando,
    à 2 { In tal guisa un minuè,
ALF. { La ira iralla lla lla.
ELE. Chi per scherzo sta cantando,
La sol fa sol mi dore.
LIS. Colmartello chi l'avora tappe tippi.
CON. Rifu rifù.
CHE. Chi suonando fu sempre,
L'or a tin tin tin tin tà.
In un cieco laberinto, ecco già che ognun
    cammina,
Chi respinge, e chi respinto,
Dove sià nessun losà,
Giro, giro, e non so dove,
Chi mi guida, chi m'afferra,
Sono in mare sono in terra,
Poverello il mio cervello,
Più la bussola non ha.

F I N.

CHE.   Je vous dirai en confidence, si vous ne le savez pas, que vous êtes tous des fous.

LIS.
ALF.
Le.CH. à 6. { C'est la vérité.
Le C.
MAS.
ELE.

T·O·U·S.

Il semble que nous soyons à l'hôpital des foux ; voyez ceux-ci, voyez ceux-là, comme ils tournent de côté et d'autre.

MAS.   Quel est celui qui murmure entre ses dents et qui se promène à grands pas ?

Le C.   Quel est celui qui, de rage fait entendre, une voix de contre-basse ?

Le CH. à 2. { Quels sont ceux qui dansent de joie :
ALF.   { la, tra, la, ra, la, la.

ERE.   Qui est celle qui chante par amusement : la sol, fa, sol, mi, ut, re.

LIS.   Qui est celle qui travaille du marteau : pan, patapan, pan, pan.

CHE.   Et qui est celui qui fait toujours sonner l'heure : din, don, din, don, din, don.

Chacun de nous s'égare dans un obscur labyrinthe, et ne sait plus où il est. Chacun tourne, retourne, et ne sais où il va. Qui peut me servir de guide ? Suis-je sur la mer, suis-je sur la terre ? Ah! ma tête est perdue : je suis sans boussole : je suis sans espoir.

BIBLIOTHÈQUE ROYALE